「數學就是徜徉在想像力國度的邏輯。」

—— 瑪格麗特·沃森

獻給麥可和李歐

特別感謝埃里希‧ 派崔克‧ 恩柯，謝謝你擁有如此豐富的學識，
總是這麼幫忙我，又有耐心。也要感謝愛琳娜、德米特里、瑟拉
菲瑪、約翰尼斯和瑟琳娜告訴我埃里希有多聰明！
（他竟然讓我對數學充滿熱情！他是不是巫師啊？）

© 我試著愛上數學

文圖／貝瑟妮‧巴頓　譯者／羅亞琪
責任編輯／朱君偉　美術編輯／黃顯喬
出版者／三民書局股份有限公司　發行人／劉振強
地址／臺北市復興北路 386 號 (復北門市)　臺北市重慶南路一段 61 號 (重南門市)
電話／ (02)25006600　網址／三民網路書店 https://www.sanmin.com.tw
書籍編號：S318861　ISBN：9789571469256
2020 年 10 月初版一刷

我試著愛上數學

貝瑟妮‧巴頓／文圖　羅亞琪／譯

三民書局

我覺得，
數學不怎麼討喜。

而且，不只我這麼想。
十個人當中，
就有四個討厭數學。

那就是
百分之四十耶！

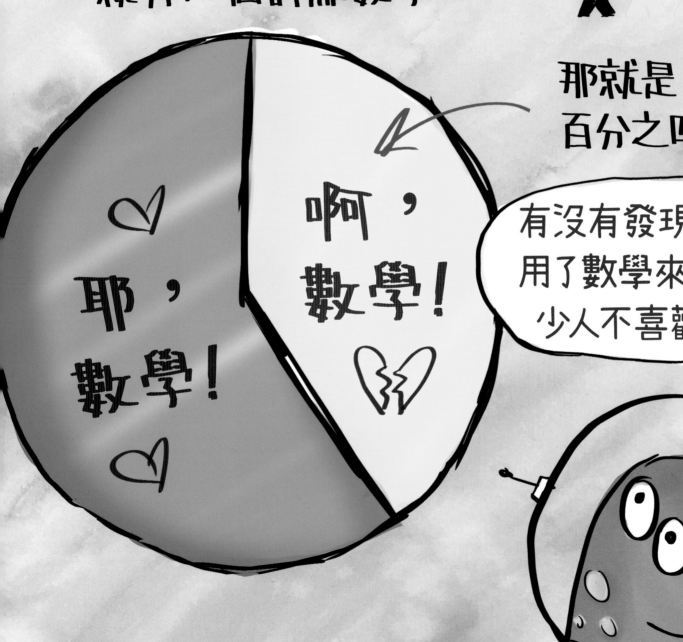

有沒有發現，你剛剛
用了數學來說明有多
少人不喜歡數學？

你是外星人嗎？
你哪會懂數學是什麼呢？

不管說何種語言，所有的
地球人都知道數學是什麼。

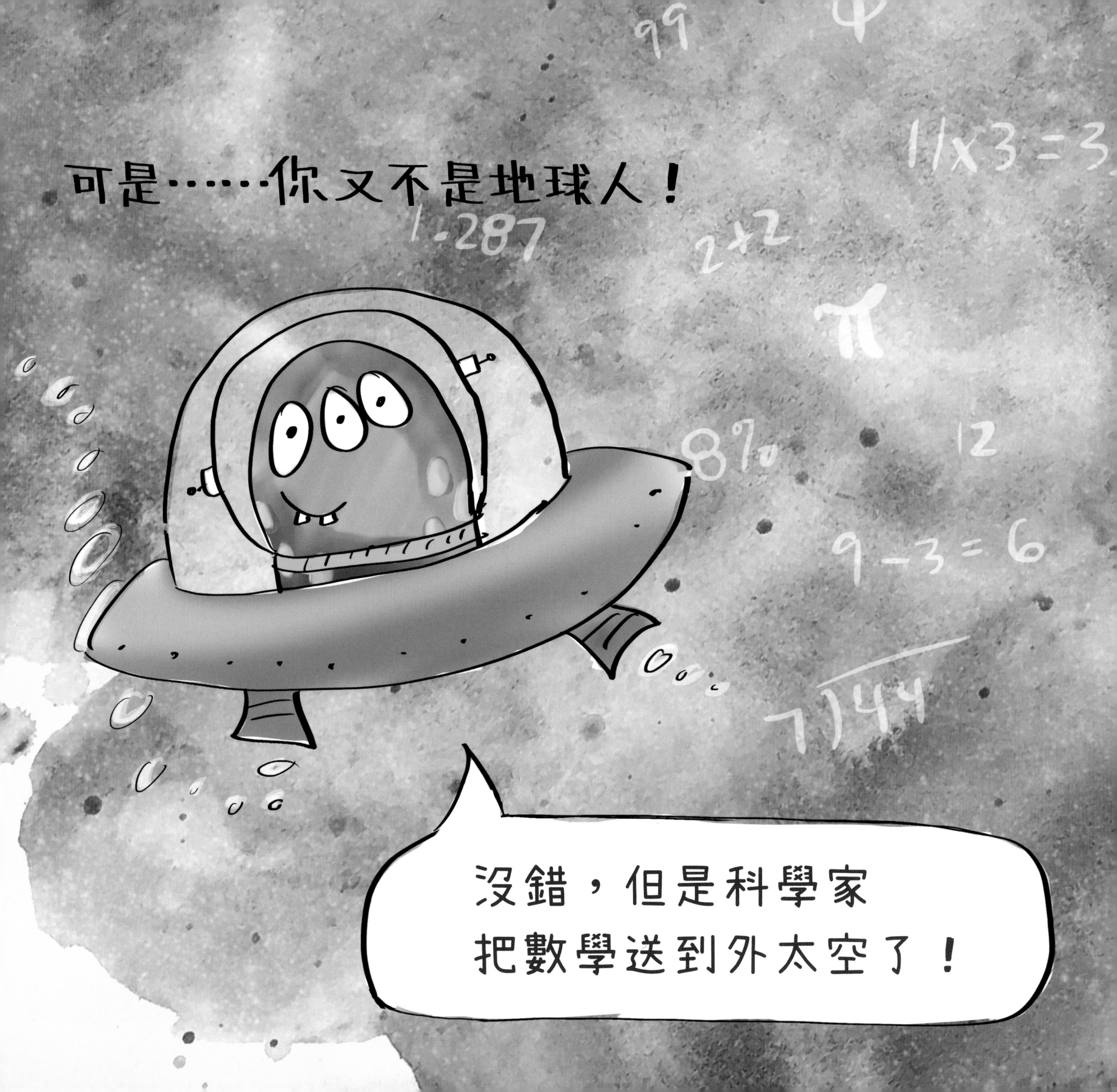
可是……你又不是地球人！
1.287
2+2
87%
12
9-3=6
沒錯，但是科學家
把數學送到外太空了！

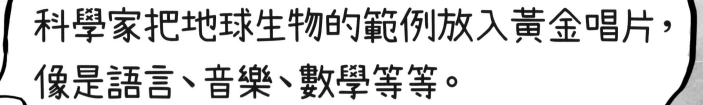

科學家把地球生物的範例放入黃金唱片，像是語言、音樂、數學等等。

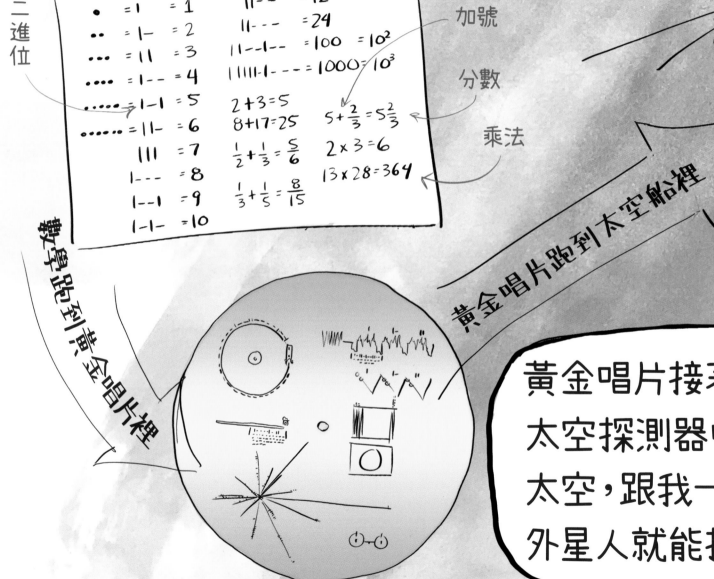

黃金唱片接著被放到太空探測器中，送進外太空，跟我一樣好奇的外星人就能找到它們！

他們把數學送給你們？
難怪外星人都不來地球玩！
應該要送餅乾呀！

餅乾是什麼東東？

我可以做給你吃！
餅乾比數學好一百倍！

我看看噢，我需要……

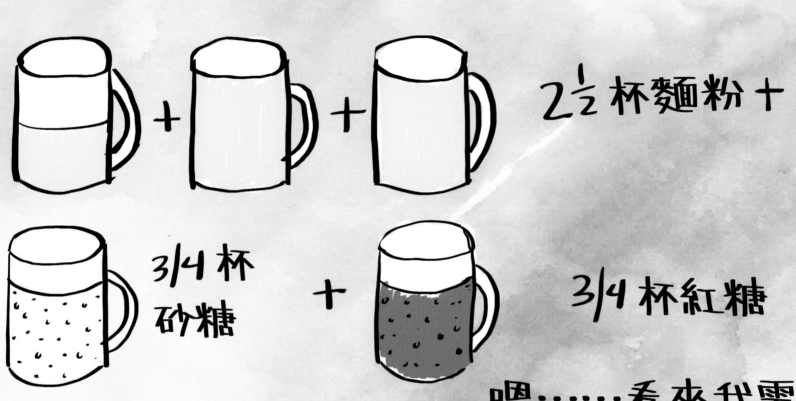

$2\frac{1}{2}$ 杯麵粉 +

3/4 杯
砂糖

+

3/4 杯紅糖

嗯……看來我需要
兩條奶油才會等於
1杯的量……

+ 1 杯奶油

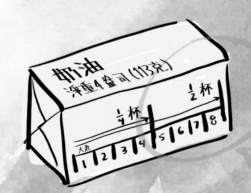

奶油
淨重4盎司(113克)

等等！

烤餅乾會用到
很多數學，是不是啊？

（哇）

這整份食譜
根本就是應用題嘛！

分數

溫度

單位換算

時間

巧克力

薇琪媽媽的餅乾食譜

2½ 杯 麵粉

3/4 杯 砂糖

3/4 杯 紅糖

1 杯 奶油

1 小匙 香草精

① 烤箱預熱到
攝氏190°

② 烘烤
9-11分鐘

1杯巧克力碎片

這樣不是很好嗎？
沒有這些測量和分數，
會烤出什麼東西呀？

一坨燒焦的麵糊吧。
我明白你的意思了。

可是，
你看看這道數學題。

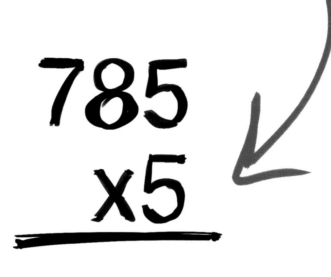

785
x5
──────

我很想要愛上它！
（如果我盯著它，然後心裡
想著餅乾的話，說不定……）

785
x5
———

不行，好無聊喔。

如果再多加一些數字
會怎麼樣呢?

8910 **785** $(6 \div 12)$

x5 0000.16

$16\sqrt{a+b}$

還有一點別的符號⋯⋯

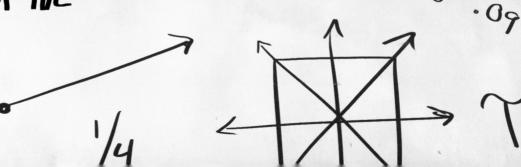

$\frac{9}{100} \div .09$

$\frac{1}{4}$

$(ab)^n = a^n b^n$

$A = \dfrac{+}{2}b$

0891

263

3.1415

太多數學了！
能不能把書搖一搖
讓一些數字掉出來？

$8910785(6 \div 12)$

$2 \times \dfrac{1}{3} = 1$

$\times 50000\ 16$

$\dfrac{}{3} \times 4 = 24$

$16\sqrt{a+b}$

2

抓住邊緣，好好搖一搖吧。

$\pi = 3.14$

$69\% \ OF \ x$

$9 \times 2 = 18$

$.69x$

$\dfrac{1}{4}$

$.09$

呼，謝謝啦！

4/4

數學真的好無聊……
又不能跟著它搖擺起舞。

當然可以啊！

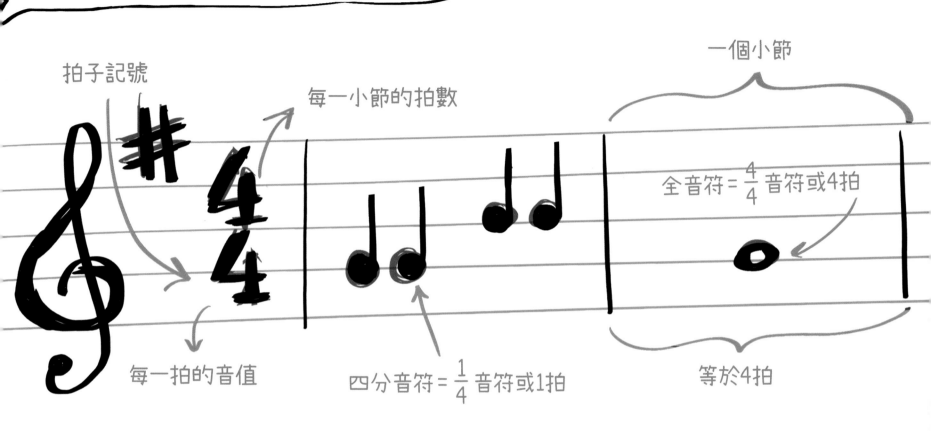

這下子，音樂也被數學毀了！
我現在只聽到一堆數字，聽不見音樂！

探險也跟數學有關！
要發明新方法到其他地方，
或是幫助你找到路回家，
這些都需要靠數學喔！

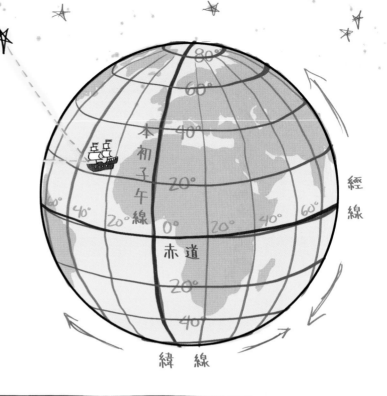

好幾百年以來，航海家都是使用星星、特殊的
測量工具，還有好多好多數學來航行的！

（天文鐘）

（六分儀）

說到探險，你都還沒探索地球呢！
這裡有好多美麗的事物可以看喔！

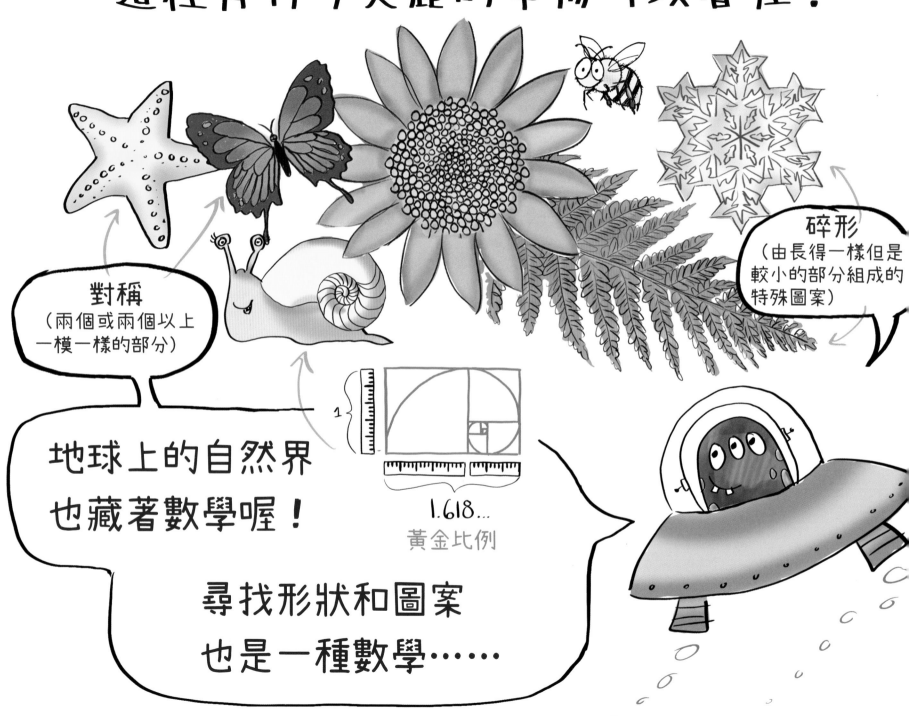

碎形
（由長得一樣但是較小的部分組成的特殊圖案）

對稱
（兩個或兩個以上一模一樣的部分）

地球上的自然界
也藏著數學喔！

1.618...
黃金比例

尋找形狀和圖案
也是一種數學……

噢，別這樣！

你又把所有的東西變成數學了啦！
現在換我來教**你**一些東西吧。

我來介紹
地球上
最偉大的發明：

披薩

看起來確實很有意思！
這個東西有多大啊？

噢，這個我會。
大概是……嗯……

這要怎麼量啊？

12" + = x2 +8 ?

我知道！
答案超簡單的唷！

圓周率是一個數字，但是它超級長，
所以通常只會寫成3.14。

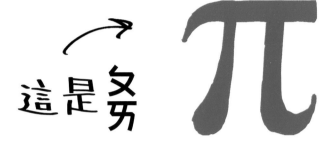

這是ㄆㄞ　π　不是這個ㄆㄞ

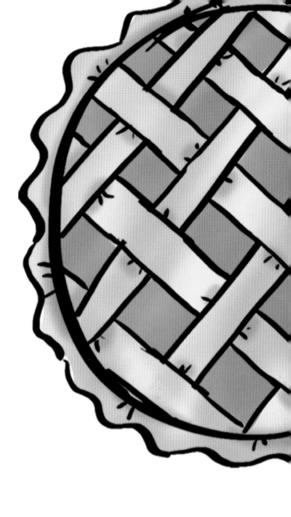

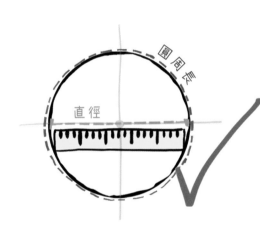

這是算出圓形面積的
神祕數字。

π × 直徑 = 圓周長

圓周率是一個無理數，
表示它永遠寫不完，而且絕對不重複！

就像這樣！　π = 3.141592653358979

真是出乎意料。

我從來沒想過我會這樣說……
但是我不想再提到π了。

抓住這個地方搖一搖

抓住這個地方搖一搖

抓住這個地方搖一搖

呼！這樣好多了。

我同意有些數學還蠻酷的。

不用理我沒關係！

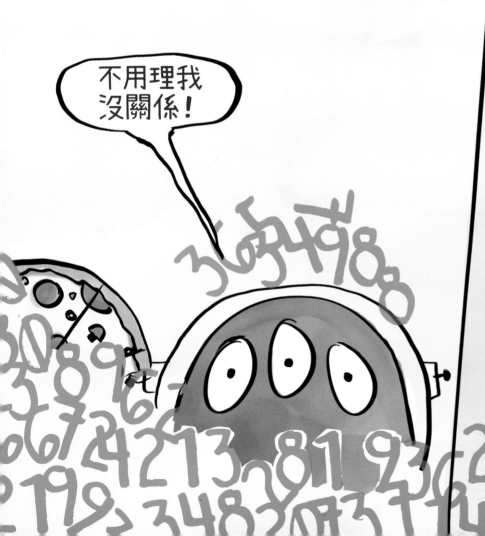

可是數學有時還是讓人很頭痛……
比方說，為什麼只能有一個正確答案？

話是沒錯……

但這也是數學這麼有用的原因呀！
數學制定一套大家都認同的規矩。

我們就能知道目的地有多遠，

100公里

我們行進的速度有多快，　　　目的地的東西賣多少錢。

冰淇淋
1球$50
2球$150
聖代$200

派類
單片$105
半個$210
整個$400

我原本就熱愛的東西，
有好多都含有數學呢。

我想，我完全不需要努力，
就能愛上數學了。

因為⋯⋯
我早就很愛數學了。

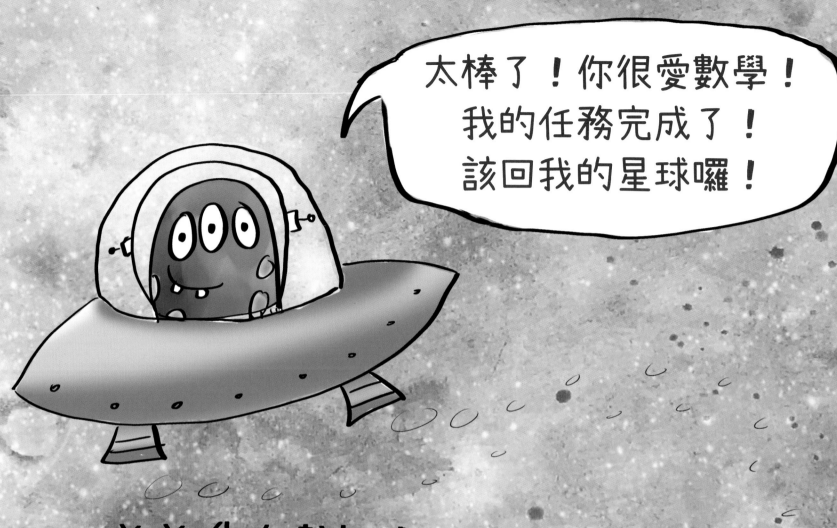

作業星球！

呃……

「不要擔心你在數學上遇到了難題，
我向你保證，
我碰到的問題絕對比你的難。」
—— 阿爾伯特·愛因斯坦